LÉON JACQUES

HÉLAS ! PLATON, HÉLAS !

CONTES AMOUREUSES

LIÈGE

... ARD, ÉDITEUR
...
... DESOER, LIBRAIRE
1860

HÉLAS! PLATON, HÉLAS!

LÉON JACQUES

HÉLAS! PLATON, HÉLAS!

SCÈNES AMOUREUSES

LIÉGE

F. RENARD, ÉDITEUR

PARIS

E. DENTU, LIBRAIRE

1860

BRUXELLES

TYP. DE Ve J. VANBUGGENHOUDT

rue de Schaerbeek, 12

A MON AMI N. P.

———

La femme est un démon d'une nature étrange,
Qui fait souvent porter ses cornes par autrui ;
La jeune fille, un ange,
Qui n'attend que l'hymen pour *s'endiabler* aussi.

ENRIC ET GEORGINA

> L'amant se jette dans la tombe,
> l'amante y descend.
>
> LEMONTEY.

PROLOGUE

———

Enric, lecteur, était un beau jeune homme,
Au regard intrépide, aux cheveux longs et noirs,
Vaillant comme un lion, fier comme un gentilhomme
    Sans châteaux, ni manoirs.

Il avait le teint pâle et parfois l'humeur triste;
Mais il était poëte, un peu libre penseur.
Ses amours? Il aimait ce qu'aime tout artiste :
    Sa maîtresse et l'honneur.

———

SCÈNE I

LE SOIR

ENRIC, en gondole, chantant.

J'aime, quand resplendit l'étoile,
A voguer sur l'onde en chantant,
Au gémissement de ma voile,
Qu'agite un zéphyr inconstant.
Mais ton regard, ô ma maîtresse,
A plus de charme pour mon cœur
Que le rayon d'or qui caresse
La barque du joyeux pêcheur.

J'aime encore dans son prélude
Le rossignol mélodieux,
Lorsqu'il remplit la solitude
De ses accords harmonieux.
Mais tes accents, ô ma maîtresse,
Ont plus de charme pour mon cœur
Que ces chants de douce allégresse,
Portés par la brise au chasseur.

(Georgina se montre au balcon.)

Allons! prends ta mantille, ô Georgina la belle;
L'étoile brille aux cieux et l'air est embaumé;
N'as-tu pas entendu le signal qui t'appelle
Auprès du bien-aimé?

(Georgina entre dans la gondole.)

SCÈNE II

ENRIC, GEORGINA.

———

ENRIC.

Te voilà donc enfin ! Je t'attendais, Georgette,
Tout inquiet déjà de ne pas te revoir ;
Tu demeures longtemps à finir ta toilette,
A parfumer tes mains, ma petite, ce soir.

GEORGINA.

Mais c'est ta faute aussi ! Près de mon rideau rose,
J'écoutais ta romance et ne songeais à rien,
Qu'à toi, mon cher Enric ; en puis-je quelque chose
Si ta voix me plaît tant, si tu chantes si bien ?

Avant de m'embrasser tu te mets en colére;
C'est vilain !

ENRIC.

Cependant, tu ne te hâtes guère ;
Si je grondais un peu... Mais comment se fâcher ?
Il me faudrait un cœur plus dur que le rocher
Pour gourmander Georgette ? Une si douce fille !
Caressante, fidèle, amoureuse, gentille...

GEORGINA.

Ironique à présent ! Allons, ça te sied mal,
Enric. Embrasse-moi. — Qu'as-tu fait hier au bal ?
Tu m'auras oubliée, au milieu de ces belles,
Pour attacher tes pas aux pas de l'une d'elles ?

ENRIC.

Perdu dans ces salons, mon Dieu ! qu'aurais-je fait ?
Je riais de la bouche et mon âme pleurait ;

Je voyais le plaisir peint sur tous les visages,
Tous les yeux rayonnants, tous les fronts sans nuages,
La valseuse, animée, au bras de son danseur ;
Cette ivresse en mon sein réveillait la douleur.
Ce monde idolâtré, quand on le considère,
Ne présente à l'esprit que mensonge et mystère :
Ces fronts épanouis, lorsqu'ils sont démasqués,
D'un égoïsme amer la plupart sont marqués ;
Et c'est là, cependant, au début de la vie,
Que le jeune homme court, vole, l'âme ravie ;
C'est là qu'il croit saisir un bonheur qui le fuit :
Son espérance, hélas ! trop tôt s'évanouit.
Il ressemble à l'aiglon, qui, se sentant des ailes,
Brûle d'atteindre l'astre aux millions d'étincelles,
Prend son essor, s'élève, en le fixant des yeux,
Puis, soudain s'arrêtant, va tomber loin des cieux.
On rencontre parfois, en cherchant, quelque fille,
Au caractère d'or, l'orgueil de la famille ;
Comme le fils du pauvre, en glanant dans les champs
Aux jours de la moisson, trouve, de temps en temps,
Quelques épis dorés échappés de la gerbe,
Ou, sous l'arbre jauni, quelques beaux fruits dans l'herbe.

— Une *signorina*, blonde, pleine d'attraits,
Timide chérubin, fréquentait mon palais ;
Je l'aimai. Sans oser lui parler de ma flamme,
J'aurais donné mon sang, j'aurais vendu mon âme,
Si j'eus pu recevoir un sourire en retour.
Tu le sais ; *Marietta* méconnut mon amour :
Un débauché parut, qui parla mariage ;
On le savait usé par le libertinage ;
On le disait voleur ; mais il avait de l'or,
Et cet homme ajouta la vierge à son trésor.

GEORGINA.

N'y pense plus, Enric ; déjà sous ta paupière
J'aperçois une larme et ta peine est amère.

ENRIC.

Amenant avec lui la chaste volupté,
Un autre ange est venu s'asseoir à mon côté.
Sur son front, en ses yeux, sa bonté se reflète ;
Quand il quitta le ciel, on l'appela Georgette,

Et des Napolitains l'ont mené jusqu'ici.

GEORGINA.

Ris de moi, si tu veux ; je te préfère ainsi ;
Ton chagrin, tes regrets m'avaient tout affligée.

ENRIC.

Par ton affection mon âme est soulagée.
Tu me pardonneras si d'un vieux souvenir
Je me suis attristé, Georgette ; à l'avenir
Je n'y songerai plus. Il suffit que je trouve
En ton sein un écho des douleurs que j'éprouve
Pour que les maux passés, sources de mon aigreur,
Ne me contraignent plus à nier le bonheur.
C'est pour toi que je vis, que j'aime l'existence,
Et je deviendrais fou peut-être en ton absence,
Ou je mourrais. — Voici le toit de ton amant ;
La barque touche au seuil ; franchissons-le gaiment.

SCÈNE III

LA NUIT

(Chez Enric.)

GEORGINA, *seule, ôtant sa mantille.*

Triste, même avec moi, qui le chéris en frère !...
A sa voix, je fuirais, ma sœur, ma pauvre mère,
Et jusqu'au sol natal pour le suivre en tous lieux.
Sa franchise est si noble ; on peut lire en ses yeux
Le fond de sa pensée. — Il dédaigne le monde ;
A-t-il tort ? Je ne sais ; une pitié profonde
Pour les vides plaisirs de ce monde enchanteur,
S'il vient à m'en parler, me serre aussi le cœur.

— En l'écoutant, on dit que je me déshonore,
Que j'offense le Ciel... Si je pêche, on l'ignore ;
Et, quand je l'avoûrais, ce péché, sans détour ?
Le mal est-il si grand, puisqu'il vient de l'amour ?
On prétend que jamais je ne serai sa femme,
— Je suis fille du peuple, il lui faut une dame ; -
Je l'accompagnerai tant qu'il le voudra bien,
Je veillerai sur lui comme un ange gardien.
Si quelque jour, hélas ! il choisit une épouse,
Sans lui rien reprocher, sans paraître jalouse,
Je lui dirai : « Tu veux, Enric, te marier...
Je souffrirai beaucoup, car tu vas m'oublier,
M'oublier pour toujours ! » Et quand à côté d'elle
Je verrai mon amant : « Oh ! qu'elle est riche et belle,
Penserai-je ; qu'il doit l'estimer, la chérir ! »
Mais j'essuirai mes yeux de peur de le trahir.

*(Elle s'assied sur un sofa ; Enric paraît, jette
son manteau et vient se placer près d'elle.)*

SCÈNE IV

ENRIC, GEORGINA.

———

ENRIC.

Te souvient-il encor de ton premier baiser?
J'ai senti que mon cœur battait à se briser,
Quand, tombant dans mes bras, muette et caressante,
Tu suspendis ta bouche à ma bouche brûlante.
C'était l'été dernier, par un beau soir de juin ;
Le ciel de ses lueurs argentait le bassin ;
En passant près de nous, — rappelle-toi, Georgette, —
Les gondoliers disaient : « La gentille brunette ! »

Cette nuit, tout semblait prêt à s'épanouir ;
Les orangers en fleurs, bercés par le zéphyr,
De suaves parfums emplissaient l'atmosphère.
Tu racontais alors le trépas de ton père :
Orphelin comme toi, je cachais mes douleurs,
Tous les deux, nous avions les yeux mouillés de pleurs.
Puis vers moi tu tournais, en tâchant de sourire,
Un long regard rêveur, regard qui voulait dire :
« Enric, un temps arrive où l'on cesse d'aimer ;
Si je vois un matin votre cœur se fermer,
Que deviendrai-je, ô Dieu, sans soutien, sans famille,
Quand elle aussi, ma mère, aura quitté sa fille ? »
Moi, je te répondais : « Écoute les oiseaux,
Penche-toi vers ces fleurs, contemple les ruisseaux :
La fleur cède à l'amour, et la fleur est moins belle
Que ton front, couronné de ses quinze printemps ;
L'oiseau chante sa flamme, et l'azur de son aile
N'a pas le doux reflet de tes cheveux flottants ;
L'onde recherche l'onde, et cette onde est moins pure
Que les divins rayons échappés de tes yeux ;
Toi, toi, qui réunis tous les biens pour parure,
Tu doutes de l'amour, de sa foi, de ses nœuds ! .. »

Je te parlais ainsi : *muette et carressante,*
Tu suspendis ta bouche à ma bouche brûlante,
Puis je te vis pâlir, Georgette, en l'affaissant...
Viens ! encor un baiser, que je t'en rende cent !

(Elle se rapproche d'Enric.)

SCÈNE V

LE MATIN

ENRIC, GEORGINA.

ENRIC.

Allons ! prends ta mantille, ô Georgina la belle ;
Déjà l'aube se lève et rougit l'horizon ;
Quitte le bien-aimé, car ta mère t'appelle,
  Méchante, à la maison.

(Un pêcheur emmène Georgina ; pendant que celle-ci
s'éloigne, Enric reprend sa chanson.)

J'aime l'Andalouse gentille
Qui, seule, ignorant ses attraits,

Erre pensive dans Séville
Et d'un voile cache ses traits :
Mais l'Andalouse, au port de reine,
Ne vaut pas ma Napolitaine,
Aux seins brunis, aux dents d'émail,
Aux douces lèvres de corail.

J'aime l'enfant de la Castille,
Qui captive d'un seul regard,
Et, jalouse, sous sa mantille
Porte une lame de poignard.
Mais la Castillane hautaine
Ne vaut pas ma Napolitaine,
Aux seins brunis, aux dents d'émail,
Aux douces lèvres de corail.

(Georgina disparait.)

———

SCÈNE VI

Charmante Georgina ! je l'aime trop peut-être.
Depuis l'heureux hasard qui me la fit connaître,
Que de fois j'ai tourné les yeux vers son balcon !
Que de fois, en rêvant, j'ai prononcé son nom !
Quand la nuit descendait, au rendez-vous fidèle,
Que de fois on la vit s'échapper de chez elle,
Les traits voilés, le front rougissant de pudeur,
Tremblante, en même temps, et de joie, et de peur !
— Huit mois se sont passés en fêtes, en folie...
Souvent j'y réfléchis ; vient-elle, je m'oublie ;
Ma raison est moins forte, hélas ! que mon amour,
Car de tous ces desseins, formés pendant le jour,
Rien ne me reste au soir : ainsi qu'à l'ordinaire
Je cours, je la retrouve. — Et pourtant, si ma mère,

Si ma mère apprenait que j'aime Georgina,
Qui n'a pour tous trésors que les biens de Léda,
Que la bonté du cœur pour titre de noblesse,
Elle en ressentirait une amère tristesse.
Épouser Georgina ? Je n'y dois point songer ;
La quitter pour jamais ? Ce serait lui plonger
Un poignard dans le sein... D'ailleurs, c'est difficile,
L'amante à son amant n'est pas toujours docile :
Quand la blanche liane a choisi son support,
Peut-on l'en détacher sans la blesser à mort ?

(Exil.)

ÉPILOGUE

ÉPILOGUE

Un an plus tard, resplendissant d'ivresse,
Enric, le bel Enric, se trouvait fiancé,
    Et tout épris d'une jeune comtesse,
Il marchait à l'autel, sans souci du passé.

    Fendant la foule, au milieu du cortége
Une femme s'élance, un enfant sur le sein ;

Puis on la voit, pâle comme la neige,
Auprès de l'heureux couple aller tomber enfin :

« Je meurs !... Enric, tu m'as abandonnée !...
Je meurs ! » Le fiancé vers elle se tourna...
      — Le lendemain, Venise, consternée,
Lisait sur une tombe : — Enric et Georgina.

FIN D'ENRIC ET GEORGINA

QUAND ON EST DEUX

QUAND ON EST DEUX

———

Regarde cette tourterelle,
Qui dépérit de jour en jour ;
Sa compagne est morte loin d'elle
Dans le nid sanglant du vautour.
Leurs amours étaient partagées,
Leurs douleurs étaient soulagées,

Leurs cœurs semblaient être un seul cœur :
C'est que la joie a plus de charmes
Et la souffrance, moins de larmes
    Quand on est deux, ma sœur.

Lorsqu'un présage de tourmentes
Parait, assombrissant le ciel,
Aussitôt les fleurs palpitantes
S'offrent un appui mutuel ?
Elles s'enlacent, se comprennent
Et par leur union soutiennent
L'assaut du souffle destructeur :
C'est que, pour maîtriser l'orage,
On lutte avec plus de courage
    Quand on est deux, ma sœur.

Errants sur l'océan du monde,
Océan toujours en courroux,
Nous voyons les gouffres de l'onde
S'ouvrir, mugissant, devant nous.
A chaque instant, le vent déchire
Une des voiles du navire

Et l'emporte dans sa fureur :
Mais le tonnerre et les tempêtes
Gronderont en vain sur nos têtes :
   Nous sommes deux, ma sœur.

LA VALSE

LA VALSE

De sa taille charmante
M'étant saisi soudain,
Carressant de ma main
    Sa main tremblante,
Au milieu des danseurs
Je l'avais entraînée,
Comme Eucharis, ornée
    De simples fleurs.

De son regard candide
Elle me contemplait,
Puis elle me disait,
     Tendre et timide :
« Au bal, il n'est pour moi
Qu'ennuis en ton absence ;
Que j'adore la danse
     Auprès de toi ! »

— « Ta voix est embaumée ;
Ton front, pur et serein ;
Pose-le sur mon sein,
     Ma bien-aimée.
Comme dort sur l'ormeau
L'amoureuse mésange,
De mes bras, petit ange,
     Fais ton berceau. »

LA JEUNE FILLE A L'ÉGLISE

LA JEUNE FILLE A L'ÉGLISE

Quelqu'un aurait-il vu la petite aux grands yeux
    Lorsqu'elle est à l'église ?
J'eus ce bonheur un jour, en fidèle pieux,
    J'eus ce bonheur. —

        Sa taille était bien prise.
Mollement appuyé sur la chaise, son sein,
Trop mignon selon tel, lui servait de coussin ;

Par saint Léon ! j'aurais été fort aise,
Sous un faix si léger, de remplacer la chaise.
Sa bouche, à découvert malgré le voile noir,
Se fermait, se rouvrait, c'était plaisir à voir !
Le livre d'une main, le chapelet de l'autre,

    Elle invoquait je ne sais quel apôtre ;

    Toujours est-il qu'elle entremêlait tout,

Pater, *ave*, *credo*, sans même aller au bout.
Je crois, — n'en parlez pas, elle est parfois colère, —
Qu'une moustache blonde absorbait son regard ;

    S'il m'en souvient, sur les grains du rosaire

    Ses jolis doigts glissaient presqu'au hasard.

Rêvait-elle à son Dieu? Non. — Au bal? Je l'ignore.

    Quoiqu'il en soit, destin, cède à son vœu :

Il lui faut un amant? Peut-être... Ou bien encore
Un mari?... Donne-lui ce mari qu'elle implore ;

    Mais ne me choisis pas, morbleu !

———

ENVOI

Dieu merci !
Le dernier vers est ici
Pour la rime ;
Pour la frime
Vous me bouderez aussi,
Dieu merci !

TABLE

FIN